中焙舌

　　舌见纯红，内有黑形如小舌者，乃邪热结于里也。君火炽甚，反兼水化。宜凉膈散、大柴胡汤下之。

纯红

凉膈散

　　生甘草二两　大黄三两　连翘四两　山栀子　薄荷叶　黄芩　朴硝各一两

　　每服一两。加淡竹叶二十片，以水二盏，煎至一盏，去渣，入生蜜少许。不拘时温服，以利为度。

大柴胡汤

　　柴胡四钱　黄芩　芍药　半夏各一钱五分　枳实二钱，麸炒　大黄二钱五分

　　上咬咀，每服八钱。加姜三片、枣一枚，以水一盏半，煎至一盏，温服。

生斑舌

舌见红色而有小黑点者热毒乘虚入胃，蓄热则发斑也。宜用元参升麻葛根汤、化斑汤解之。

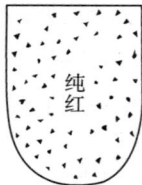

纯红

元参升麻葛根汤

元参　升麻　甘草　葛根各等分

上咬咀，以水一盏半，煎一盏，温服。

化斑汤　即人参白虎汤

人参二钱　石膏四钱　知母一钱五分　甘草一钱，炙　糯米一撮

上咬咀，每服一两。用水一盏半，入糯米先煎，后下诸味再煎，去滓服之。

红星舌

舌见淡红，中有大红星者，乃
少阴君火，热之盛也。所不胜者，
假火势卢本删去"所不胜者"以下七字以
侮脾土，将欲发黄之候。宜用茵陈
五苓散治之。

五苓散

泽泻二两五钱　茯苓　猪苓　白术各一两五
钱　肉桂五钱　木通　滑石各一两　甘草一
两，炙

上为末，每服五钱，入姜汁并蜜各少许，
用白滚汤调服。

按： 上方五苓散只是泽泻、茯苓、猪苓、白术、
肉桂五味耳。于全方中加茵陈蒿一味，其分量倍加
于众味，则谓之茵陈五苓散。此条于治法则曰用茵
陈五苓散，于方剂则但用五苓散，方中亦不列茵陈

一味，且于原方五味之外多木通、滑石、甘草、姜、蜜五味。后人因证下药，酌而用之可也。

黑尖舌

舌见红色，尖见青黑色者，水虚火实，胃热所致。宜用竹叶石膏汤治之。

竹叶石膏汤

竹叶二十片　　石膏一两

半夏二钱　　甘草二钱　　麦门冬二钱　　人参三钱

粳米一撮

水二盏，煎服。

黑圈舌

舌见淡红色，而中有一红晕，沿皆纯黑。乃余毒遗于心胞络之间，

与邪火郁结。二火亢极，故有是证。以调胃承气汤
解之。

调胃承气汤　旧本只承气汤三字，而药味则调胃承
气方也。恐不知者有误认之谬，故补调胃
二字于上。以为大小承气之别

大黄六钱　芒硝二钱

上吹咀，用水一盏。先煎大黄、甘草，将
熟去滓，下芒硝，再煎三五沸，温服。

人裂舌

　　舌见红色，更有裂
纹如人字形者。乃君火
燔灼，热毒炎上，故
发裂也。宜用凉膈散
治之。

纯　红

此亦
形有

凉膈散　方见前

虫碎舌

舌见红色，更有红点如虫蚀之状者，乃热毒炽甚，火在上、水在下，不能相济故也^{卢本删去"火在上"以下十二字}。宜用小承气汤下之。

纯红

深红点

小承气汤

大黄^{四钱，去皮} 厚朴^{三钱，姜制} 枳实^{二钱，炙}

上三味，以水一盏半，煎至一盏，去滓服。

里黑舌

舌见红色，内有干硬黑色，形如小长舌有刺者，此热毒炽甚，坚结大肠，金受火制，不能平木故也^{卢本删去"金受火制"以下十字}。急用调胃承气汤下之。

纯红

调胃承气汤　方见前

厥阴舌

舌见红色，内有黑纹者，乃阴
毒厥于肝经。肝主筋，故舌见如丝
形也。用理中合四逆汤温之。

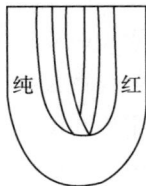

纯　　红

理中汤

人参　白术炒　甘草炙　干姜各等分

上咬咀，每服五钱。水一盏，煎六分，不
拘时温服。

四逆汤

附子一枚，去皮，生用，破作八片　甘草六钱　干
姜五钱，炮

服法如前。

死现舌

舌见黑色，水克火明矣。患此者，百无一治，治者审之。

薛立斋曰：余在留都时，地官主事郑汝东妹婿患伤寒得此舌，院内医士曾禧谓："当用附子理中汤。"人咸惊骇，遂止，亦莫能疗，困甚治棺。曾与之邻，往视之，谓："用前药犹有生理。"其家既待以死，挤从之，数剂而愈。大抵舌黑之证，有火极似水者，即杜学士所谓薪为黑炭之意也，宜凉膈散之类以泻其阳。有水来克火者，即曾医士所疗之证是也，宜理中汤以消阴翳。又须以老生姜切平，擦其舌色稍退者可治，坚不退者不可治。弘治辛酉，金台姜梦辉患伤寒亦得此舌，手足厥冷，呕逆不止，众医犹作火治，几致危殆。判院吴仁斋，用附子理中汤而愈。夫医之为道，有是病，必用是药。附子疗寒，其效可数，奈何世皆以为必不可用之药，宁视人之死而不救，不亦哀哉？至于火极似水之证，用药得宜，效应不异，不可便谓为百无一治而弃之也。

黄苔舌

舌见尖白根黄，是表证未罢也。须先解表，然后方可攻之。如大便秘者，用凉膈散加硝黄泡服；小便涩者，用五苓散加木通合益元散加姜汁少许，以白滚汤调服。

黄
苔

白

凉膈散　*方见前*

五苓散　*方见前*

益元散

滑石六两　甘草一两，炙

上为极细末，每服二三钱，温水或新汲水下。

黑心舌

舌见弦白心黑，而脉沉微者难治，脉浮滑者可汗，沉实者可下，速进调胃承气汤下之。始病即发此色，乃危殆之甚也。

白

调胃承气汤　方见前

十五舌

舌尖白苔二分根黑一分，必有身痛恶寒。如饮水不至甚者，五苓散；自汗渴者，白虎汤；下利者，解毒汤，此亦危证也。

红

白苔

五苓散　方见前

白虎汤

石膏四钱，碎　知母一钱五分　甘草一钱，炙　糯米一撮

上㕮咀，每服一两。用水一盏半，入糯米先煎。次下诸味再煎，去滓服之。加人参亦可。

解毒汤

黄连一两　黄芩五钱　黄柏五钱　山栀子二十枚

上㕮咀，每服五钱。水一盏半，煎至一盏，去滓热服。

十六舌

舌见白苔，中有小黑点乱生者，尚有表证。其病之来虽恶，宜凉膈散微表之。表退即当下之，下宜调胃承气汤。

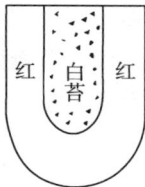

凉膈散　方见前

调胃承气汤 方见前

十七舌

舌见如灰色，中间更有黑晕两条，此热乘肾与命门也。宜急下之，服解毒汤，下三五次，迟则难治。如初服，加大黄酒浸泡，量大小用之。

解毒汤 方见前

十八舌

舌见微黄色，初病即得之。发谵语者，此由失汗，表邪入里也。必用汗下兼行，以双解散加解毒汤两停主之。

双解散加解毒汤

　　　防风　川芎　当归　芍药　大黄　麻黄

连翘 芒硝各五钱 石膏 黄芩 桔梗各一两
滑石三两 甘草二两 荆芥 白术 山栀各五钱
上吷咀，每服一两。水一盏半，加姜三片，
煎八分，服不拘时。一方有桂枝二两。

十九舌

舌中见白苔，外有微黄者，必作
泄，宜服解毒汤。恶寒者，五苓散。

解毒汤 *方见前*

五苓散 *方见前*

二十舌

舌见微黄色，表证未罢，宜用
小柴胡汤合天水散主之。可下者，
大柴胡汤下之。表里双除，临证
审用。

大柴胡汤 方见前

小柴胡汤 方见前

天水散

太原甘草一两，炙　桂林滑石六两

上为极细末，每服五钱。入生姜汁并蜜各少许，白滚水调服。如发表，用豆豉、葱头煎汤调服。

按： 天水散即益元散，今名六一散。此条与前条药味分两悉同而汤引微异，故复录之。

二十一舌

舌见黄色者，必初白苔而变黄也。是表邪传里，热已入胃，宜急用调胃承气汤下之。若下迟，必变黑色，为恶证，为亢害鬼贼邪气深也，不治。

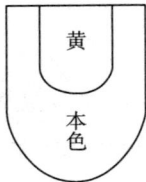

黄

本色

调胃承气汤 *方见前*

二十二舌

舌左白苔而自汗者，不可下，宜白虎汤加人参三钱服之。

白虎汤 *方见前*

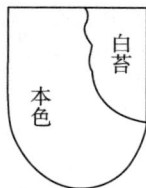

二十三舌

舌右白苔滑者，病在肌肉，为邪在半里半表，必往来寒热，宜小柴胡汤和解之。

小柴胡汤 *方见前*

二十四舌

舌左见白苔滑者，此脏结之证，邪并入脏，难治。

二十五舌

舌见四围白而中黄者，必作烦渴呕吐之证。兼有表者，五苓散、益元散兼服。须待黄尽卢本删去此四字，方可下也。

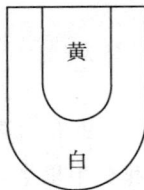

五苓散 *方见前*

益元散 *方见前*

二十六舌

舌见外淡红心淡黑者，如恶风，表未罢，用双解散加解毒汤相半，微汗之，汗罢急下之。如结胸烦躁，目直视者，不治。非结胸者，可治。

淡黑

淡红

双解散加解毒汤　方见前

二十七舌

舌见黄色而有小黑点者，邪遍六腑，将入五脏也。急服调胃承气汤下之，次进和解散，十救四五。

黄色

调胃承气汤　方见前

和解散

　　苍术三钱　厚朴一钱，姜制　陈皮一钱　甘草五

分，炙 藁本 桔梗各五钱

上㕮咀，水一盏半，加姜三片，枣二枚，煎七分，去滓。不拘时服。

二十八舌

舌见黄色而尖白者，表少里多，宜天水散一服、凉膈散二服合进之。脉弦者，宜防风通圣散。

天水散 方见前

凉膈散 方见前

防风通圣散 方见前即双解散解毒汤二方合用是

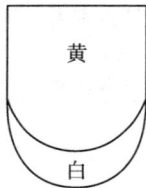

二十九舌

舌见灰色尖黄，不恶风寒，脉浮者，可下之。若恶风恶寒者，用

双解散加解毒汤主之。三四下之，见黑粪不治。

双解散加解毒汤　方见前

三十舌

　　舌见黄色中黑至尖者，热气已深。两感见之，十当九死。恶寒甚者，亦死。不恶寒而下利者可治，宜用调胃承气汤主之。

调胃承气汤　方见前

三十一舌

　　舌见灰黑色而有黑纹者，脉实，急用大承气汤下之；脉浮，渴饮水者，用凉膈散解之。十可救其二三。

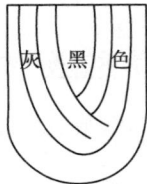

大承气汤

厚朴三钱，姜制　枳实二钱，麸炒　大黄三钱　芒硝二钱

上每服一两，用水一盏半，入厚朴、枳实先煎，候熟方入大黄同煎数沸，入芒硝再煎三五沸，去滓热服。

凉膈散　方见前

三十二舌

舌根微黑，尖黄隐见，或有一纹者，脉实，急用大承气汤下之；脉浮，渴饮水者，用凉膈散解之。十可救其一二。

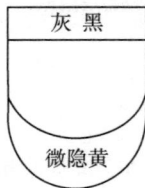

灰黑

微隐黄

大承气汤　方见前

凉膈散　方见前

三十三舌

舌见黄而黑点乱生者，其证必渴谵语。脉实者生，脉涩者死，循衣摸床者不治，若下之见黑粪亦不治。下宜大承气汤。

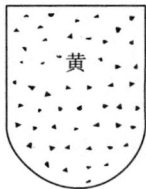

大承气汤　方见前

三十四舌

舌见四边微红，中央灰黑色者，此由失下而致，用大承气汤下之。热退可愈，必三四下方退。五次下之而不退者，不治。

大承气汤　方见前

三十五舌

　　舌根微黑尖黄，脉滑者，可下之；脉浮者，当养阴退阳；若恶风寒者，微汗之，用双解散；若下利，用解毒汤。十生七八也。

双解散　方见前

解毒汤　方见前

三十六舌

　　舌见黄而涩，有隔瓣者，热已入胃，邪毒深矣。心火烦渴，急宜用大承气汤下之；若身发黄者，用茵陈蒿汤；蓄血，用抵当汤；水在胁下，用十枣汤；结胸甚者，用大陷胸汤；痞，用大黄泻心汤。

大承气汤　方见前

茵陈汤

茵陈五钱　大黄三钱　山栀子七枚

上每服一两。以水一盏半，先煎茵陈半熟，次入二味，再煎去滓。温服。

抵当汤

水蛭七个，糯米炒　虻虫七个，炒，去翅足　大黄三钱　桃仁三十个，去皮尖

上以水一盏半，煎至一盏，去滓。温服。

十枣汤

芫花醋拌经宿，炒微黑　大戟长流水煮半时，晒干　甘遂面裹煨，各等分

上每服一钱，弱人减半。以水一盏半，加大枣十枚，劈碎，煎取八分，去滓。温服。

大陷胸汤

大黄七钱　芒硝三钱　甘遂末四分

上以水二盏，先煎大黄至一盏，去滓，下

芒硝，煎三五沸，再下甘遂末。温服取利。

大黄泻心汤

大黄五钱　黄连　黄芩各二钱半

上作一服。以水二盏，煎至一盏，去滓。
通口服。若有宿食痰饮者，加半夏曲二钱。

以上三十六舌，乃伤寒验症之捷法，临证用心处之，百无一失。

跋

伤寒书，莫先于张仲景，亦莫详于张仲景。其言舌上白苔者五条，未尝及黄、黑、灰、白、纯红诸色。元之敖氏始以十二舌作图验证，杜氏增以二十四舌，明薛立斋极称之，谓其与仲景《钤法》相协，依此用药多效，可以补仲景之所未及。其后申斗垣辑《观舌心法》，推广至一百三十七图。长洲张诞先删其重复，汰其无与于伤寒者，定为一百二十图，作《伤寒舌鉴》。余尝汇而观之，不简不支，取杜氏三十六图足矣。太加分析，恐有毫厘千里之差，反致左而不验。奚必以多多为善耶。卢不远先生谓："伤寒可以视舌识病，则风暑燥湿恐亦有定法。"斯言也，诚足为三偶之反。然伤寒杂证，同异不齐。若胶柱鼓瑟，而不善会其意，竟以视伤寒之舌色，推以验杂证之舌色，鲜有不误。是又不可不知也。

乾隆甲申七月二十六日处暑钱塘王琦跋

方剂索引

（按笔画排序）

伤寒舌鉴

清·张 登◎撰

目　录

❰ 白苔舌总论 ❱

黄苔舌总论

黑苔舌总论

灰色舌总论

红色舌总论

❮ 紫色舌总论 ❯

❮ 霉酱色苔舌总论 ❯

蓝色苔舌总论

妊娠伤寒舌总论

自序

尝读仲景书，止言舌白、苔滑，并无黄、黑、刺、裂。至《金镜录》始集三十六图。逮后《观舌心法》，广至一百三十有七，何后世诞变之多若此。宁知伤寒自表传里，舌苔必由是白滑而变他色，不似伏邪瘟疫等热毒，自内达外之一病便见黄黑诸苔也。观仲景论中，一见舌白、苔滑，即言难治，安有失治而致变者乎？所以仲景止言白苔，已见一斑，不烦琐屑。后人无先圣治未病之势，不得不反复辨论以启蒙昧。盖邪气入里，其虚实寒热之机必现于舌，非若脉法之隐而不显也。况阴盛格阳，与邪热郁伏，多有假证假脉。惟验舌上苔色之滑、燥、厚、薄，昭若冰鉴，无所遁形。由是取《观舌心法》，正其错误，削其繁芜，汰其无预于伤寒者，而参入家大人治案所纪，及己所亲历，共得一百二十图，命曰《伤寒舌鉴》。授之剞劂，以公同志临证之一助云。

康熙戊申年秋月诞先张登书于隽永堂

白苔舌总论

伤寒邪在皮毛，初则舌有白沫，次则白涎白滑，再次白屑白疱。有舌中、舌尖、舌根之不同，是寒邪入经之微甚也。舌乃心之苗，心属南方火，当赤色，今反见白色者，是火不能制金也。初则寒郁皮肤，毛窍不得疏通，热气不得外泄，故恶寒发热。在太阳经，则头痛、身热、项背强、腰脊痛等症。传至阳明经，则有白屑满舌，虽症有烦躁，如脉浮紧者，犹当汗之。在少阳经者，则白苔白滑，用小柴胡汤和之；胃虚者，理中汤温之；如白色少变黄者，大柴胡、大小承气，分轻重下之。白舌亦有死症，不可忽视也。

微白滑苔舌

寒邪初入太阳，头疼、身热、恶寒，舌色微白有津，香苏散、羌活汤

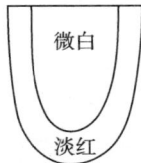

之类发散之。

薄白滑苔舌

此太阳里证舌也。二三日未曾汗，故邪入丹田渐深，急宜汗之。或太阳与少阳合病，有此舌者，柴胡桂枝汤主之。

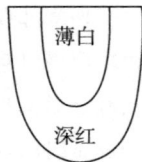

薄白
深红

厚白滑苔舌

病三四日，其邪只在太阳，故苔纯白而厚，却不干燥，其证头疼，发热，脉浮而紧，解表自愈。

厚白

干厚白苔舌

病四五日，未经发汗，邪热渐深，少有微渴，过饮生冷，停积胸

干厚白

中。营热胃冷，故令发热烦躁，四肢逆冷，而苔白干厚，满口白屑。宜四逆散加干姜。

白苔黄心舌

此太阳经初传阳明腑病舌也。若微黄而润，宜再汗。待苔燥里证具，则下之。若烦躁呕吐，大柴胡汤加减。亦有下淡黄水沫，无稀粪者，大承气下之。

白　黄　白

白苔黄边舌

舌中见白苔，外有微黄者，必作泄，宜用解毒汤。恶寒者，五苓散。

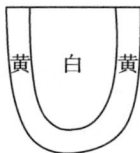

黄　白　黄

干白苔黑心舌

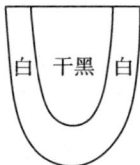

白　干黑　白

此阳明腑兼太阳舌。其苔边白

中心干黑者，因汗不彻，传至阳明所致。必微汗出、不恶寒、脉沉者，可下之。如二三日未曾汗，有此舌必死。

白滑苔尖灰刺舌

此阳明腑兼少阳舌也。三四日自利脉长者生，弦数者死。如有宿食，用大承气下之，十可全五。

白滑

白苔满黑刺干舌

白苔中生满干黑芒刺，乃少阳之里证也。其证不恶寒反恶热者，大柴胡加芒硝急下之，然亦危证也。

白滑苔黑心舌

白 黑 白

白苔中黑，为表邪入里之候。大

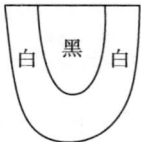

热谵语，承气等下之。倘食复而发热，或利不止者，难治。

半边白滑舌

　　白苔见于一边，无论左右，皆属半表半里，并宜小柴胡汤。左加葛根，右加茯苓。有咳嗽引胁下痛而见此舌，小青龙汤。夏月多汗自利，人参白虎汤。

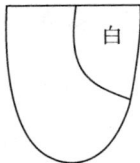

白

脏结白滑舌

　　或左或右，半边白苔，半边或黑或老黄者，寒邪结在脏也，黄连汤加附子。结在咽者，不能语言，宜生脉散合四逆汤，可救十中一二。

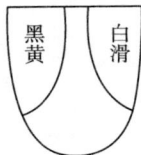

黑黄　白滑

白苔黑斑舌

白苔中有黑小斑点乱生者，乃水来克火。如无恶候，以凉膈散、承气汤下之，十中可救一二。

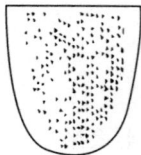

白苔燥裂舌

伤寒胸中有寒，丹田有热，所以舌上白苔。因过汗伤营，舌上无津，所以燥裂。内无实热，故不黄黑。宜小柴胡加芒硝微利之。

白苔黑根舌

舌苔白而根黑，火被水克之象，虽下亦难见功也。

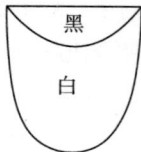

白尖黄根舌

邪虽入里，而尖白未黄，不可用承气，宜大柴胡汤加减。下后无他证，安卧神清，可生。倘再有变证，多凶。

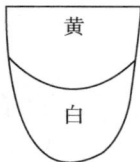

白苔双黄舌

此阳明里证舌也。黄乃土之色，因邪热上攻，致令舌有双黄。如脉长恶热，转矢气烦躁者，大柴胡、调胃承气下之。

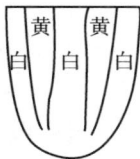

白苔双黑舌

白苔中见黑色两条，乃太阳少阳之邪入于胃。因土气衰绝，故手足厥

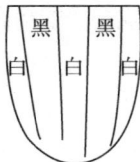

冷，胸中结痛也，理中汤、泻心汤选用。如邪结在舌根，咽嗌而不能言者，死证也。

白苔双灰色舌

此夹冷食舌也。七八日后见此舌而有津者，可治，理中、四逆选用。无津者，不治。如干厚见里证，则下之，得汤次日灰色去者安。

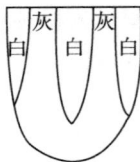

白尖中红黑根舌

舌尖白而根灰黑，少阳邪热传腑，热极而伤冷饮也。如水停津液固结而渴者，五苓散。自汗而渴者，白虎汤。下利而渴者，解毒汤。如黑根多、白尖少、中不甚红者，难治。

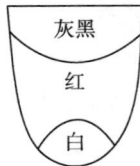

白苔尖红舌

满舌白滑而尖却鲜红者，乃热邪内盛，而复感客寒入少阳经也，小柴胡汤加减。

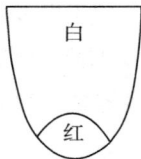

白苔中红舌

此太阳初传经之舌也。无汗者发汗，有汗者解肌。亦有少阳经者，小柴胡汤加减。

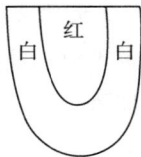

白苔变黄舌

少阳证罢，初见阳明里证，故苔变黄色。兼矢气者，大柴胡汤下之。

白尖红根舌

舌尖苔白，邪在半表半里也。其
证寒热、耳聋、口苦、胁痛、脉弦，
小柴胡汤和解之。

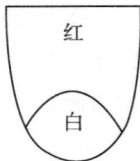

白苔尖灰根黄舌

此太阳湿热并于阳明也。如根
黄色润、目黄小便黄者，茵陈蒿汤
加减。

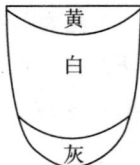

白苔尖根俱黑舌

舌根尖俱黑而中白，乃金水太
过，火土气绝于内。虽无凶证，亦必
死也。

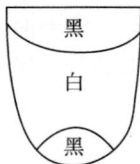

熟白舌

白苔老极，如煮熟相似者，心气绝而肺色乘于上也。始因食瓜果冰水等物，阳气不得发越所致，为必死候，用枳实理中间有生者。

純熟白

淡白透明舌

年老胃弱，虽有风寒，不能变热。或多服汤药，伤其胃气。所以淡白透明，似苔非苔也。宜补中益气加减治之。

透明

白苔如积粉舌

此舌乃瘟疫初犯募原也，达原饮。见三阳表证，随经加柴胡、葛根、羌活。见里证，加大黄。

苔如积粉

黄苔舌总论

黄苔者，里证也。伤寒初病，无此舌。传至少阳经，亦无此舌。直至阳明府实，胃中火盛，火乘土位，故有此苔。当分轻重泻之。初则微黄，次则深黄有滑，甚则干黄焦黄也。其证有大热、大渴、便秘、谵语、痞结、自利。或因失汗发黄，或蓄血如狂，皆湿热太盛，小便不利所致。若目白如金，身黄如橘，宜茵陈蒿汤、五苓散、栀子柏皮汤等。如蓄血在上焦，犀角地黄汤；中焦，桃仁承气汤；下焦，代抵当汤。凡血证见血则愈，切不可与冷水，饮之必死。大抵舌黄证虽重，若脉长者，中土有气也，下之则安；如脉弦下利，舌苔黄中有黑色者，皆危证也。

纯黄微干舌

舌见黄苔，胃热之极，土色见于舌端也，急宜调胃承气下之。迟则恐黄老变黑，为恶候耳。

黄

微黄苔舌

舌微黄而不甚燥者，表邪失汗而初传里也，用大柴胡汤。若身目俱黄者，茵陈蒿汤。

微黄

黄干舌

舌见干黄，里热已极，急下勿缓。下后脉静身凉者生，反大热而喘、脉躁者死。

干黄

黄苔黑滑舌

舌黄而有黑滑者，阳明里证具
也。虽不干燥，亦当下之。下后身凉
脉静者生，大热脉躁者死。

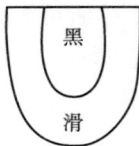

黄苔黑斑舌

黄苔中乱生黑斑者，其证必大渴
谵语。身无斑者，大承气下之。如脉
涩、谵语、循衣摸床、身黄斑黑者，
俱不治。下出稀黑粪者，死。

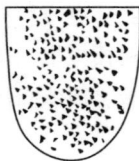

黄苔中黑通尖舌

黄苔从中至尖通黑者，乃火土燥
而热毒最深也。两感伤寒必死，恶寒
甚者亦死。如不恶寒，口燥咽干而

下利臭水者，可用调胃承气汤下之，十中可救四五。口干齿燥、形脱者，不治。

老黄隔瓣舌

舌黄干涩而有隔瓣者，乃邪热入胃，毒结已深。烦躁而渴者，大承气汤。发黄者，茵陈蒿汤。少腹痛者，有瘀血也，抵当汤。结胸，大陷胸汤。

黄尖舌

舌尖苔黄，热邪初传胃腑也，当用调胃承气汤。如脉浮恶寒，表证未尽，大柴胡两解之。

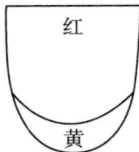

黄苔灰根舌

舌根灰色而尖黄，虽比黑根少轻，如再过一二日亦黑也，难治。无烦躁直视，脉沉而有力者，大柴胡加减治之。

黄尖红根舌

根红而尖黄者，乃湿热乘火位也。瘟热初病，多有此舌，凉膈、解毒等药消息治之。

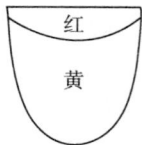

黄尖黑根舌

舌黑根多而黄尖少者，虽无恶证恶脉，诚恐暴变一时，以胃气竭绝故耳。

黄苔黑刺舌

舌苔老黄极而中有黑刺者，皆由失汗所致，邪毒内陷已深。急用调胃承气下之，十中可保一二。

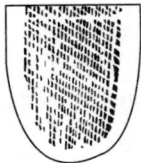

黄大胀满舌

舌黄而胀大者，乃阳明胃经湿热也。证必身黄、便秘、烦躁，茵陈蒿汤。如大便自利而发黄者，五苓散加茵陈、栀子、黄连等治之。

黄尖白根舌

舌根白尖黄，其色倒见，必是少阳经传阳明府病。若阳明证多者，大柴胡汤。少阳证多者，小柴胡汤。如

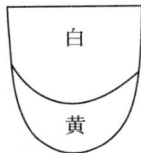

谵语烦躁者，调胃承气汤。

黄根白尖舌

舌尖白根黄，乃表邪少而里邪多也，天水散、凉膈散合用。如阳明无汗、小便不利、心中懊恼者，必发黄，茵陈蒿汤。

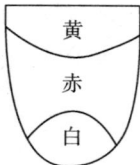

黄根灰尖舌

舌尖乃火位，今见根黄尖灰，是土来侮火也。不吐不利、心烦而渴者，乃胃中有郁热也。调胃承气加黄连。

黄根白尖短缩舌

舌见根黄尖白而短硬，不燥不

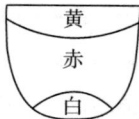

滑，但不能伸出，证多谵妄烦乱，此痰挟宿食占据中宫也，大承气加姜、半主之。

黑苔舌总论

伤寒五七日，舌见黑苔，最为危候。表证皆无此舌。如两感一二日间见之，必死。若白苔上渐渐中心黑者，是伤寒邪热传里之候。红舌上渐渐黑者，乃瘟疫传变，坏证将至也。盖舌色本赤，今见黑者，乃水来克火，水极似火，火过炭黑之理。然有纯黑、有黑晕、有刺、有隔瓣、有瓣底红、瓣底黑者，大抵尖黑犹轻，根黑最重。如全黑者，纵神丹亦难救疗也。

纯黑舌

遍舌黑苔，是火极似水，脏气已绝，脉必代结，一二日中必死，切勿用药。

黑

黑苔瓣底红舌

　　黄苔久而变黑，实热亢极之候。又未经服药，肆意饮食，而见脉伏、目闭、口开、独语、谵妄。医遇此证，必掘开舌苔，视瓣底红者，可用大承气下之。

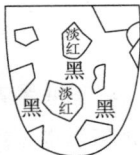

黑苔瓣底黑舌

　　凡见瓣底黑者，不可用药。虽无恶候，脉亦暴绝，必死不治。

满黑刺底红舌

　　满舌黑苔，干燥而生大刺，揉之触手而响，掘开刺底红色者，心神尚在，虽火过极，下之可生。有肥盛多

湿热人，感冒发热，痞胀闷乱，一见此舌，急用大陷胸丸攻下，后与小陷胸汤调理。

刺底黑舌

刺底黑者，言刮去芒刺，底下肉色俱黑也。凡见此舌，不必辨其何经何脉，虽无恶候，必死勿治。

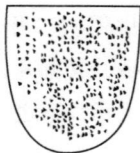

黑烂自啮舌

舌黑烂而频欲啮，必烂至根而死。虽无恶候怪脉，切勿用药。

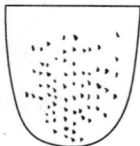

中黑边白滑苔舌

舌见中黑边白而滑，表里俱虚寒也。脉必微弱，证必畏寒，附子理中汤温之。夏月过食生冷而见此舌，则

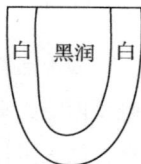

白　黑润　白

宜大顺、冷香选用。

红边中黑滑舌

舌黑有津，证见谵语者，必表证时不曾服药，不戒饮食，冷物结滞于胃也。虚人，黄龙汤或枳实理中加大黄。壮实者，用备急丸热下之。夏月中暍，多有此舌，以人参白虎汤主之。

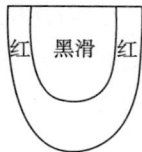

通尖黑干边白舌

两感一二日间，便见中黑边白厚苔者，虽用大羌活汤，恐无济矣。

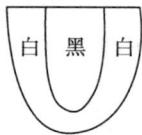

黑边晕内微红舌

舌边围黑，中有红晕者，乃邪热入于心胞之候，故有此色，宜凉膈合

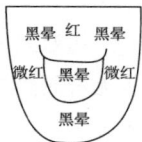

大承气下之。

中黑厚心舌

舌苔中心黑厚而干，为热盛津枯之候。急宜生脉散合黄连解毒汤以解之。

黑燥厚苔

中黑无苔干燥舌

舌黑无苔而燥，津液受伤而虚火用事也。急宜生脉散合附子理中汤主之。

黑

黑中无苔枯瘦舌

伤寒八九日，过汗，津枯血燥，舌无苔而黑瘦，大便五六日不行，腹不硬满，神昏不得卧，或时呢喃叹息

黑

者，炙甘草汤。

黑干短舌

舌至干黑而短，厥阴热极已深，或食填中脘，膜胀所致。急用大剂大承气下之，可救十中一二。服后，粪黄热退则生，粪黑热不止者死。

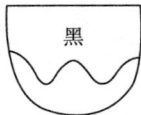
黑

灰色舌总论

灰色舌，有阴阳之异。若直中阴经，则即时舌便灰黑而无积苔。若热传三阴，必四五日表证罢而苔变灰色也。有在根在尖在中者，有浑舌俱灰黑者。大抵传经热证，则有灰黑干苔，皆当攻下泄热。若直中三阴之灰黑无苔者，即当温经散寒。又有蓄血证，其人如狂，或瞑目谵语。亦有不狂不语，不知人事，而面黑舌灰者。当分轻重以攻其血，切勿误与冷水，引领败血入心而致不救也。

纯灰舌

舌灰色无苔者，直中三阴而夹冷食也，脉必沉细而迟。不渴不烦者，附子理中四逆汤救之。次日，舌变灰中有微黄色者生，如渐渐灰缩干黑者死。

灰

灰中舌

灰色现于中央，而消渴、气上冲心、饥不欲食、食即吐蛔者，此热传厥阴之候，乌梅丸主之。

灰黑苔干纹裂舌

土邪胜水而舌见灰黑纹裂，凉膈、调胃皆可下之，十中可救二三。下后渴不止热不退者，不治。

灰根黄尖中赤舌

舌根灰色而中红尖黄，乃肠胃燥热之证。若大渴谵语，五六日不大便，转矢气者，下之。如温病热病，恶寒脉浮者，凉膈、双解选用。

灰色重晕舌

此瘟病热毒传遍三阴也。热毒
传内一次，舌即灰晕一层。毒盛故
有重晕，最危之证。急宜凉膈、双
解、解毒、承气下之。一晕尚轻，二
晕为重，三晕必死。亦有横纹二三层者，与此重晕
不殊。

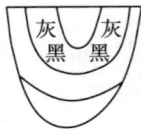

灰黑干刺舌

灰黑舌中又有干刺，而见咽干、
口燥、喘满，乃邪热结于少阴，当下
之。然必待其转矢气者，方可下。若
下之早，令人小便难。

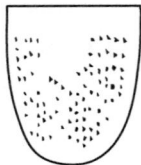

灰黑尖舌

　　已经汗解而见舌尖灰黑，有宿食未消，或又伤饮食，邪热复盛之故。调胃承气汤下之。

灰黑尖干刺舌

　　舌尖灰黑有刺而干，是得病后犹加饮食之故。虽证见耳聋、胁痛、发热、口苦，不得用小柴胡因非少阳病，必大柴胡或调胃承气加消导药方可取效。

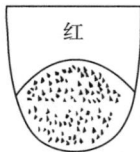

灰中黑滑舌

　　淡淡灰色，中间有滑苔四五点如墨汁。此热邪传里而中有宿食未化

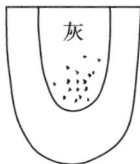

也，大柴胡汤。

灰黑多黄根少舌

舌灰色而根黄，乃热传厥阴，而
胃中复有停滞也。伤寒六七日不利，
便发热而利、汗出不止者死，正气
脱也。

边灰中紫舌

舌边灰黑而中淡紫，时时自啮
舌尖为爽，乃少阴厥气逆上。非药
可治。

红色舌总论

夫红舌者，伏热内蓄于心胃，自里而达于表也。仲景云：冬伤于寒，至春变为温病，至夏变为热病，故舌红而赤。又有瘟疫疫疠，一方之内老幼之病皆同者，舌亦正赤而加积苔也。若更多食，则助热内蒸，故舌红面赤，甚者面目俱赤而舌疮也。然病有轻重，舌有微甚，且见于舌之根尖中下左右，疮蚀胀烂，瘰细长短，种种异形，皆瘟毒火热蕴化之所为也。其所治亦不同，当解者内解其毒，当砭者砭去其血。若论汤液，无过大小承气、黄连解毒、三黄石膏等，比类而推可也。

纯红舌

舌见纯红色，乃瘟疫之邪热初蓄于内也。宜败毒散加减，或升麻葛根

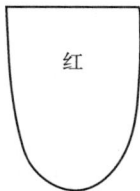

汤等治之。

红中淡黑舌

舌红中见淡黑色而有滑者，乃太阳瘟疫也。如恶寒，有表证，双解散合解毒汤微微汗之，汗罢急下。如结胸烦躁直视者，不治。

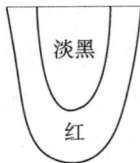

红中焦黑舌

舌见红色，中有黑形如小舌，乃瘟毒内结于胃，火极反兼水化也，宜凉膈散。若黑而干硬，以指甲刮之有声者，急用调胃承气汤下之。

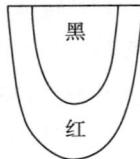

红中黑斑舌

见小黑斑星于红舌上者，乃瘟热

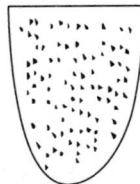

乘虚入于阳明，胃热则发斑也。或身上亦兼有红赤斑者，宜黑参升麻汤、化斑汤等治之。

红内黑尖舌

舌本红而尖黑者，足少阴瘟热乘于手少阴也。竹叶石膏汤。

红

黑

红色人字纹裂舌

舌红甚而又有纹裂者，阳明热毒熏蒸膈上，故见人字纹也，宜服凉膈散。如渴甚转矢气者，大承气下之。

红断纹裂舌

相火来乘君位，致令舌红燥而纹裂作痛，宜黄连解毒汤加麦门冬寒润之。

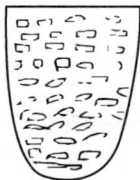

红内红星舌

舌见淡红色，又有大红星点如疮瘰者，湿热伤于脾土，罨而欲发黄之候，宜茵陈蒿汤、五苓散选用。

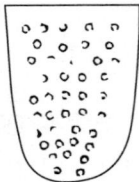

深红虫碎舌

舌红更有红点，坑烂如虫蚀之状，乃水火不能既济，热毒炽盛也。不拘日数，宜小承气汤下之。不退，再以大承气下之。

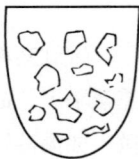

红色紫疮舌

瘟疫多有此舌。其证不恶寒，便作渴烦躁，或咳痰者，宜解毒汤加黑参、薄荷，并益元散治之。尺脉无者

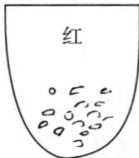

必死，战栗者亦死。

红中微黄根舌

热入阳明胃府，故舌根微黄。若头汗、身凉、小便难者，茵陈蒿汤加栀子、香豉。

微黄	
红	

红中微黄滑舌

病五七日，舌中有黄苔，是阳明证。如脉沉实谵语，虽苔滑，宜大柴胡汤。若干燥者，此内邪热盛，急用大承气下之。

黄

红长胀出口外舌

舌长大胀出口外，是热毒乘心，内服泻心汤，外砭去恶血，再用片

长大胀

脑、人中黄掺舌上，即愈。

红恬舌

舌频出口为弄舌，恬至鼻尖上下
或口角左右者，此为恶候。可用解毒
汤加生地黄，效则生，不效则死。

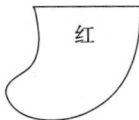

红

红痿舌

舌痿软而不能动者，乃是心脏
受伤。当参脉证施治，然亦十难救
一也。

红

红硬舌

舌根强硬失音，或邪结咽嗌以致不
语者，死证也。如脉有神而外证轻者，
可用清心降火去风痰药，多有得生者。

强硬

红尖出血舌

舌上出血如溅者，乃心脏邪热壅盛所致。宜犀角地黄汤加大黄、黄连辈治之。

红中双灰干舌

瘟热病而舌见两路灰色，是病后复伤饮食所致，令人身热谵语，循衣撮空，如脉滑者，一下便安。如脉涩，下出黑粪者，死。

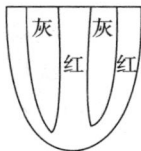

红尖白根舌

红尖是本色，白苔为表邪。如恶寒、身热、头痛，宜汗之。不恶寒、身热、烦渴者，此太阳里证也，五苓

散两解之。

红战舌

舌战者，颤掉不安，蠕蠕瞤动
也。此证因汗多亡阳，或漏风所致。
十全大补、大建中汤选用。

战舌

红细枯长舌

舌色干红而长细者，乃少阴之气
绝于内，而不上通于舌也。纵无他
证，脉再衰绝，朝夕恐难保矣。

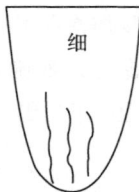

细

红短白泡舌

口疮舌短有疱，声哑、咽干、烦
躁者，乃瘟疫强汗或伤寒未汗而变此
证。宜黄连犀角汤、三黄石膏汤选用。

泡

边红通尖黑干舌

　　瘟病不知调治，或不禁饮食，或不服汤药，而致舌心干黑。急下一二次，少解再下，以平为期。

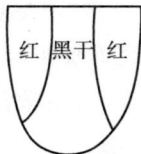

红　黑干　红

红尖紫刺舌

　　汗后食复而见红尖紫刺，证甚危急，枳实栀子豉汤加大黄下之。仍刮去芒刺，不复生则安，再生则危。

红

红尖黑根舌

　　瘟疫二三日，舌根灰黑，急用凉膈、双解微下之。至四五日后，火极似水，渐变深黑，下无济矣。若邪结于咽，目瞑脉绝油汗者，一二日内死。

黑

红

红嫩无津舌

汗下太过，津液耗竭，而舌色鲜
红柔嫩如新生，望之似润而实燥涸
者，生脉散合人参三白汤治之。然多
不应也。

鲜红

紫色舌总论

紫舌苔者，酒后伤寒也。或大醉露卧当风，或已病而仍饮酒，或感冒不服药而用葱姜热酒发汗。汗虽出而酒热留于心胞，冲行经络，故舌见紫色，而又有微白苔也。苔结舌之根尖，长短厚薄，涩滑干焦，种种不同，当参其源而治之。

纯紫舌

伤寒以葱酒发汗，酒毒入心，或酒后伤寒，皆有此舌。宜升麻葛根汤加石膏、滑石。若心烦懊侬不安，栀子豉汤。不然，必发斑也。

紫

紫中红斑舌

舌浑紫而又满舌红斑，或浑身更有赤斑者，宜化斑汤、解毒汤，俱加葛根、黄连、青黛。有下证者，凉膈散。

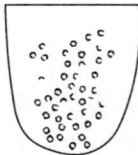

紫上白滑舌

舌紫而中见白苔者，酒后感寒，或误饮冷酒所致。亦令人头痛、恶寒、身热，随证解表可也。

淡紫青筋舌

舌淡紫带青而润，中伴青黑筋者，乃直中阴经，必身凉四肢厥冷，脉沉面黑，四逆、理中等治之。

紫上赤肿干焦舌

舌边紫而中心赤肿，是阳明受
邪，或已下，便食酒肉，邪热复聚所
致。若赤肿津润，大柴胡微利之。若
烦躁厥逆脉伏，先用枳实理中，次用
小承气。

紫上黄苔干燥舌

嗜酒之人伤于寒，至四五日，舌
紫，上积干黄苔者，急用大承气下
之。如表证未尽，用大柴胡汤。

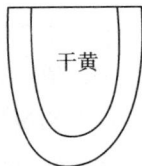

紫短舌

舌紫短而团圞者，食滞中宫而热
传厥阴也，急用大承气汤下之。下后

热退脉静舌柔和者生，否则死。

紫上黄苔湿润舌

舌淡青紫而中有黄湿苔，此食伤太阴也，脉必沉细。心下脐旁按之硬痛或矢气者，小承气加生附子，或黄龙汤主之。

淡青紫　黄湿　淡青紫

紫尖蓓蕾舌

感寒之后，不戒酒食，而见咳嗽生痰，烦躁不宁，舌色淡紫，尖生蓓蕾。乃酒湿伤胆，味厚伤胃所致也。宜小柴胡汤加减治之。

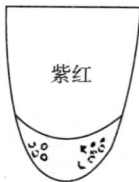

紫红

熟紫老干舌

舌全紫如煮熟者，乃热邪传入厥

熟紫

阴，至笃之兆，当归四逆汤。

淡紫带青舌

　　舌色青紫无苔，且滑润瘦小，为
直中肾肝阴证，吴茱萸汤、四逆汤急
温之。

淡紫灰心舌

　　舌淡紫而中心带灰，或青黑不燥
不湿者，为邪伤血分。虽有下证，只
宜犀角地黄汤加酒大黄微利之。

霉酱色苔舌总论

霉酱色苔者，乃夹食伤寒。一二日间即有此舌，为寒伤太阴，食停胃腑之证。轻者，苔色亦薄，虽腹痛，不下利，桂枝汤加橘、半、枳、朴；痛甚加大黄，冷食不消加干姜、厚朴。其苔色厚而腹痛甚不止者，必危。舌见酱色，乃黄兼黑色，为土邪传水，证必唇口干燥大渴。虽用下夺，鲜有得愈者。

纯霉酱色舌

舌见霉色，乃饮食填塞于胃，复为寒邪郁遏，内热不得外泄。湿气熏蒸，罨而变此色也。其脉多沉紧，其人必烦躁腹痛。五七日下之不通者，必死。太阴少阴气绝也。

纯霉色

中霉浮厚舌

伤寒不戒荤腻，致苔如酱饼浮于舌中，乃食滞中宫之象。如脉有胃气，不结代，嘴不尖，齿不燥，不下利者，可用枳实理中汤加姜汁炒川连。若舌苔揩去复长仍前者，必难救也。

霉黄色黄苔舌

舌霉色中有黄苔，乃湿热之物郁滞中宫也，二陈加枳实、黄连。若苔干黄，更加酒大黄下之。

蓝色苔舌总论

蓝色苔者，乃肝木之色发见于外也。伤寒病久，已经汗下，胃气已伤，致心火无气，胃土无依，肺无所生，木无所畏，故乘膈上而见纯蓝色，是金木相并，火土气绝之候，是以必死。如微蓝或稍见蓝纹，犹可用温胃健脾、调肝益肺药治之。如纯蓝色者，是肝木独盛无畏，虽无他证，必死。

微蓝舌

舌见纯蓝色，中土阳气衰微，百不一生之候，切勿用药。

微蓝

蓝纹舌

　　舌见蓝纹，乃胃土气衰、木气相乘之候，小柴胡去黄芩、加炮姜。若因寒物结滞，急宜附子理中、大建中。

妊娠伤寒舌总论

妊娠伤寒，邪入经络。轻则母病，重则子伤。枝伤果必坠，理所必然。故凡治此，当先固其胎气，胎安则子母俱安。面以候母，舌以候子。色泽则安，色败则毙。面赤舌青者，子死母活；面舌俱青、沫出者，母子俱死；亦有面舌俱白，母子皆死者，盖谓色不泽也。

孕妇伤寒白苔舌

孕妇初伤于寒，而见面赤舌上白滑，即当微汗以解其表。如面舌俱白，因发热多饮冷水，阳极变阴所致，当用温中之药。若见厥冷烦躁，误与凉剂，则厥逆吐利而死。

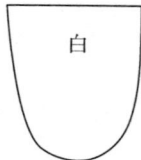

白

孕妇伤寒黄苔舌

　　妊娠面赤舌黄，五六日里证见，当微利之，庶免热邪伤胎之患。若面舌俱黄，此失于发汗，湿热入里所致，当用清热利水药。

孕妇伤寒灰黑舌

　　妊娠面舌俱黑，水火相刑，不必问其月数，子母俱死。面赤舌微黑者，还当保胎；如见灰黑，乃邪入子宫，其胎必不能固。若面赤者，根本未伤，当急下以救其母。

孕妇伤寒纯赤舌

　　妊娠伤寒温热，而见面舌俱赤，

宜随证汗下，子母无虞。伤寒面色皎白，而舌赤者，母气素虚，当用姜、桂等药。桂不坠胎，庞安常所言也。若面黑舌赤，亦非吉兆。若在临月，则子得生而母当殒。

孕妇伤寒紫青舌

妊娠伤寒而见面赤舌紫，乃酒毒内传而致。如淡紫戴青，为阴证夹食，即用枳实理中、四逆辈，恐难为力也。若面赤舌青，母虽无妨，子殒腹内，急宜平胃散加芒硝下之。

紫青

孕妇伤寒卷短舌

妊娠面黑而舌干卷短，或黄黑刺裂，乃里证至急，不下则热邪伤胎，下之危在顷刻。如无直视、循衣、撮空等证，十中可救一二。

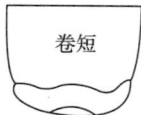

卷短

《随身听中医传世经典系列》书目

一、医经类

黄帝内经·素问

黄帝内经·灵枢

内经知要

难经集注

二、伤寒金匮类

伤寒论

金匮要略

伤寒来苏集

伤寒贯珠集

注解伤寒论

三、诊法类

四诊抉微

濒湖脉学　奇经八脉考

脉诀汇辨

脉诀指掌病式图说

脉经

脉经直指

脉贯

脉理存真

赖氏脉案

辨症玉函　脉诀阐微

方氏脉症正宗

症因脉治

敖氏伤寒金镜录　伤寒舌鉴

诸病源候论

望诊遵经

四、本草方论类

本草备要

神农本草经百种录

神农本草经读

太平惠民和剂局方

汤头歌诀

医方集解

校正素问精要宣明论方

五、外科类

外科正宗

疡科心得集

洞天奥旨

六、妇科类

女科百问

女科要旨

傅青主女科

七、儿科类

小儿药证直诀

幼幼集成

幼科推拿秘书

八、疫病类

时病论

温疫论

温热经纬

温病条辨

九、针灸推拿类

十四经发挥

针灸大成

十、摄生调养类

饮膳正要

养生四要

随息居饮食谱

十一、杂著类

内外伤辨惑论

古今医案按

石室秘录

四圣心源

外经微言

兰室秘藏

血证论

医门法律

医林改错

医法圆通

医学三字经

医学心悟

医学启源

医学源流论

医宗必读

串雅内外编

证治汇补

扁鹊心书

笔花医镜

傅青主男科

脾胃论

儒门事亲

图书在版编目（CIP）数据

起风了 /（日）堀辰雄著；陆求实译. -- 沈阳：
万卷出版有限责任公司，2024.7
ISBN 978-7-5470-6518-1

Ⅰ. ①起… Ⅱ. ①堀… ②陆… Ⅲ. ①中篇小说—日
本—现代 Ⅳ. ① I313.45

中国国家版本馆 CIP 数据核字（2024）第 089163 号

出 品 人：王维良
出版发行：北方联合出版传媒（集团）股份有限公司
　　　　　万卷出版有限责任公司
　　　　　（地址：沈阳市和平区十一纬路 29 号　邮编：110003）
印 刷 者：凯德印刷（天津）有限公司
经 销 者：全国新华书店
幅面尺寸：106mm×148mm
字　　数：95 千字
印　　张：7
出版时间：2024 年 7 月第 1 版
印刷时间：2024 年 7 月第 1 次印刷
责任编辑：王越
责任校对：张莹
封面设计：朱镜霖
ISBN 978-7-5470-6518-1
定　　价：29.80 元
联系电话：024-23284090
传　　真：024-23284448

获取图书音频的步骤说明：

1. 使用微信"扫一扫"功能扫描书中二维码。

2. 注册用户，登录后输入激活码激活，即可免费听取音频（激活码仅可供一个账号激活，有效期为自激活之日起 5 年）。

上架建议：中医·古籍

ISBN 978-7-5214-4961-7

定价：20.00 元